ELDEN RING
OFFICIAL ART BOOK

Volume I

ELDEN RING OFFICIAL ART BOOK
Volume I

CONTENTS

362 　제3장　빛바랜 자와 등장인물／Character: Tarnished and Others

이 책은 2022년 2월 25일 발매된 액션 RPG, 『엘든 링』 제작 시에 그려진 방대한 이미지 보드, 설정화 등을 정리 및 수집할 목적으로 주식회사 프롬 소프트웨어의 협조를 받아 편집되었다. 800점을 넘는 원화를 수록하기 위해 Volume Ⅰ, Volume Ⅱ의 두 권으로 구성했으며, Volume Ⅰ에는 프로모션 아트, 세계의 배경 이미지 보드, 등장 캐릭터 관련 원고를 수록했고 Volume Ⅱ에는 적, 무기의 콘셉트 아트 및 아이템, 룬, 트로피 등의 디자인을 집대성했다.

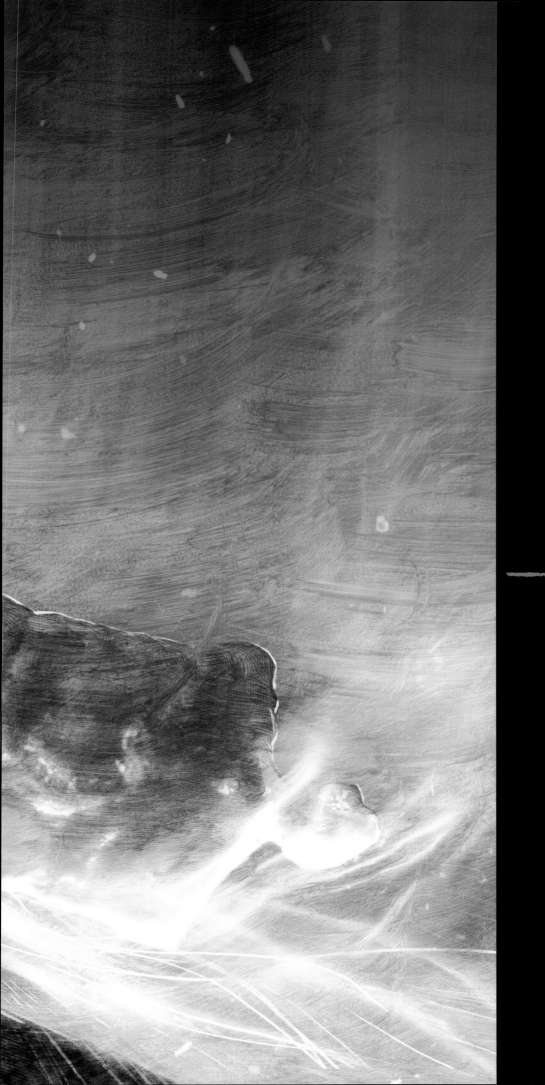

제1장
갤러리

Gallery: Illustrations

제1장 제1절
오프닝 아트

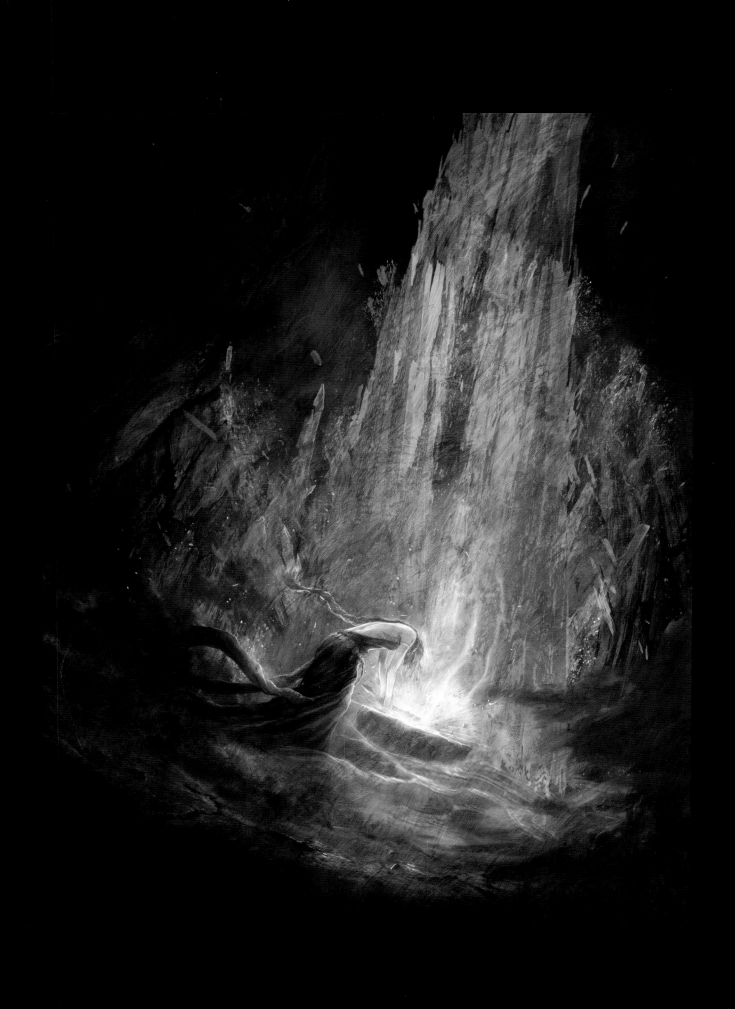

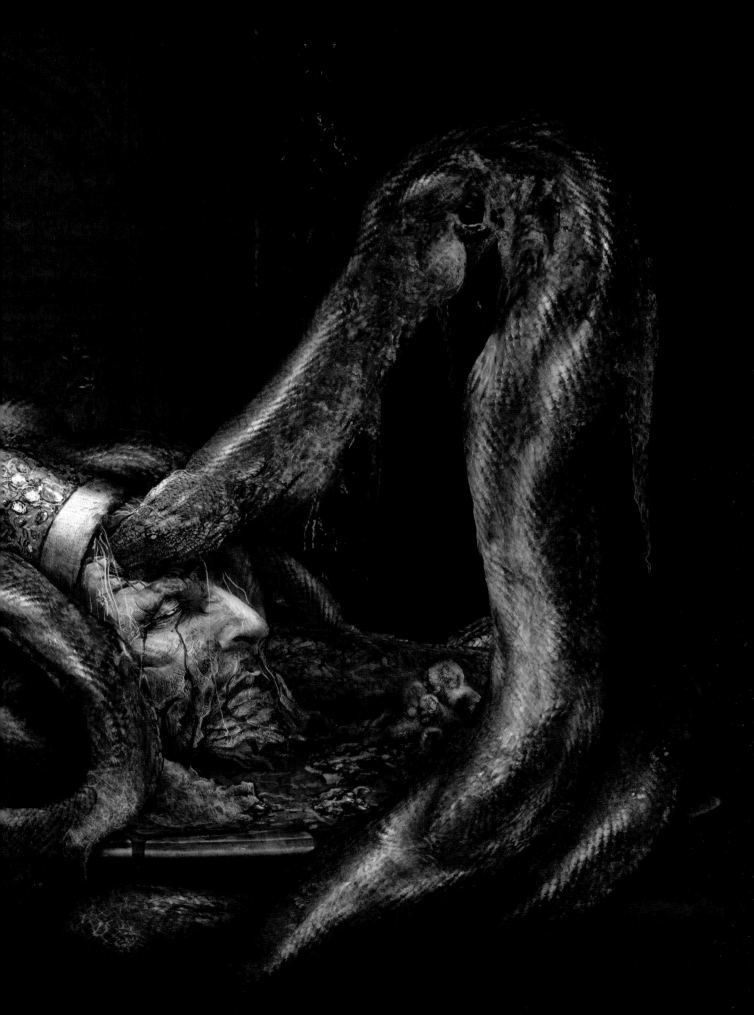

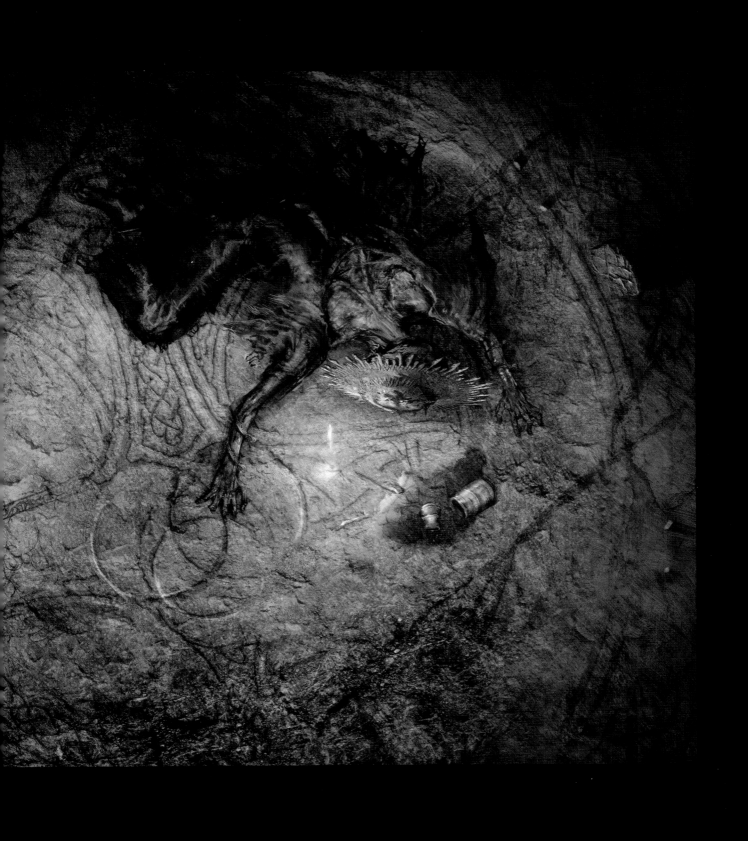

용사

방랑기사

죄수

밀사

점성술사

무사

검사

도적

예언자

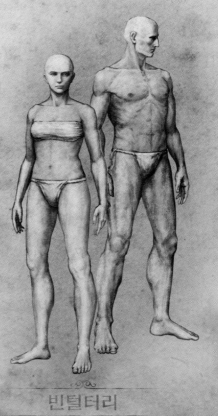

빈털터리

제1장 제3절
그 외 아트

ELDEN RING OFFICIAL ART BOOK Volume I   049

제 2
틈새의

Concept Art: The Lands Be

◆축복

◆원탁

◆스톰빌 성

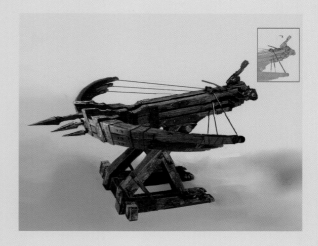

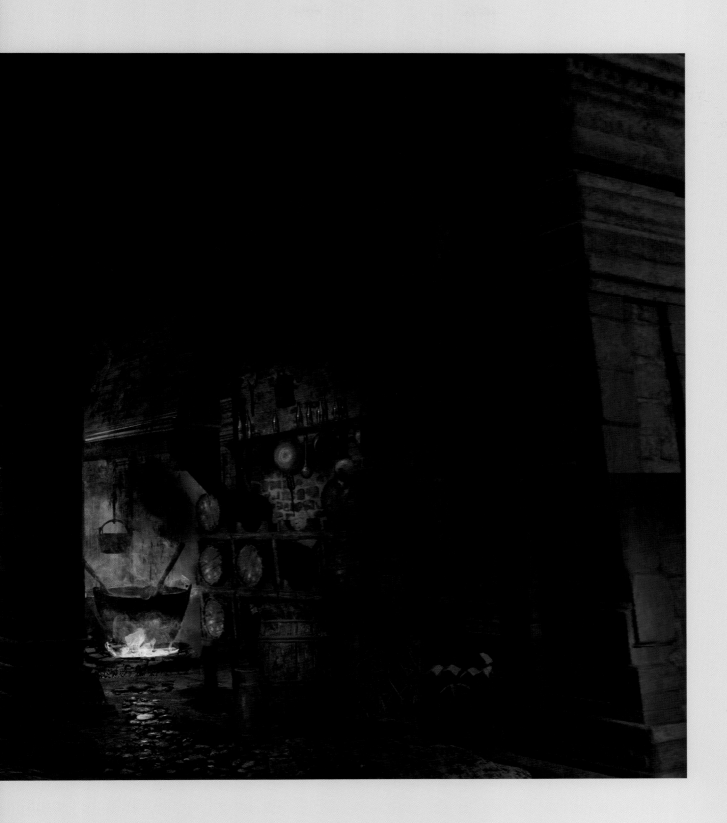

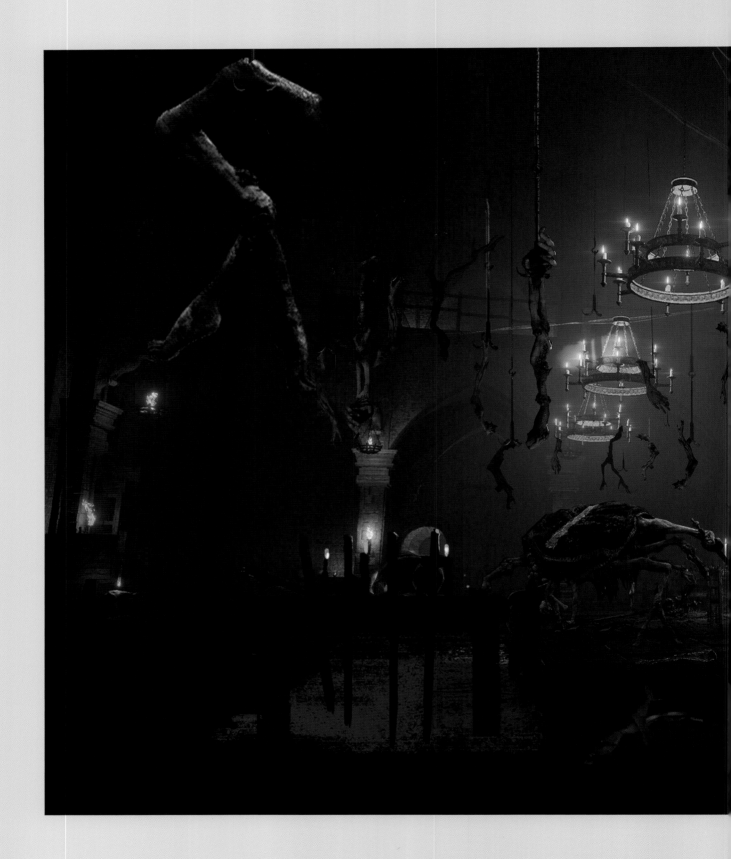

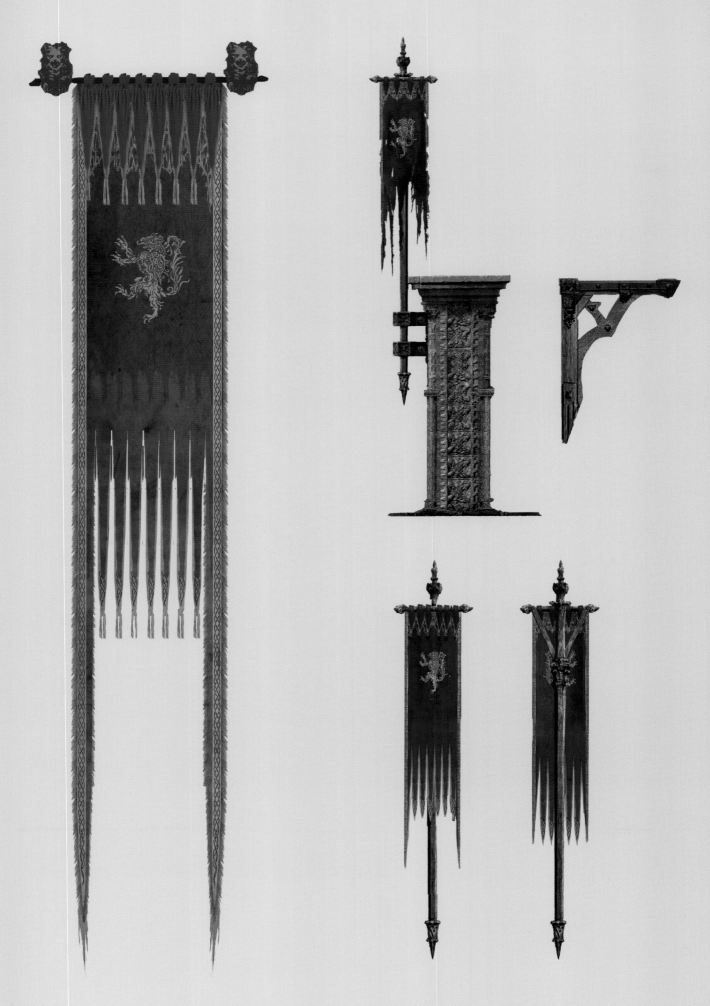

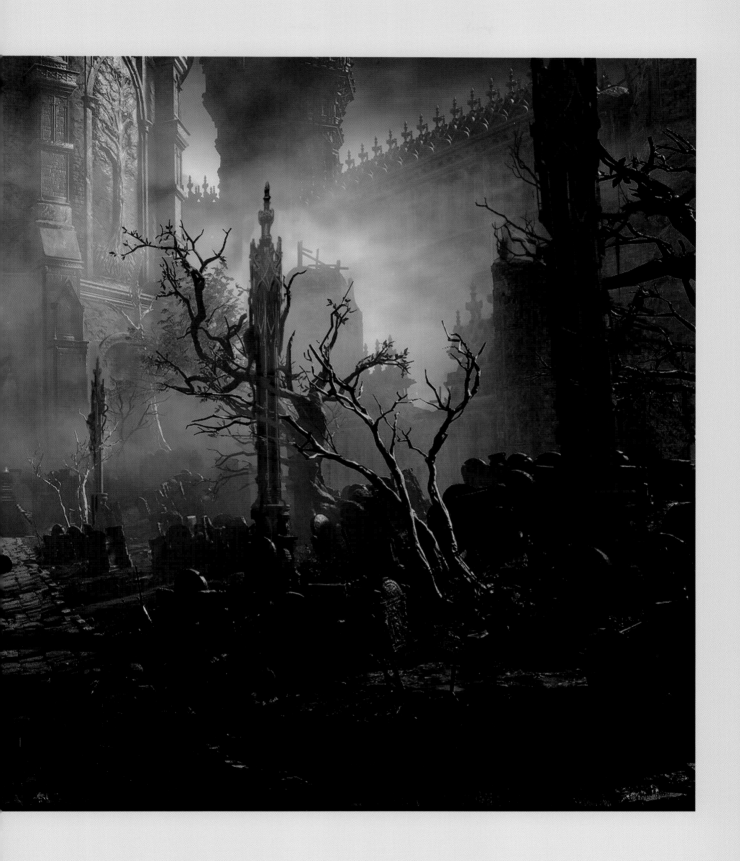

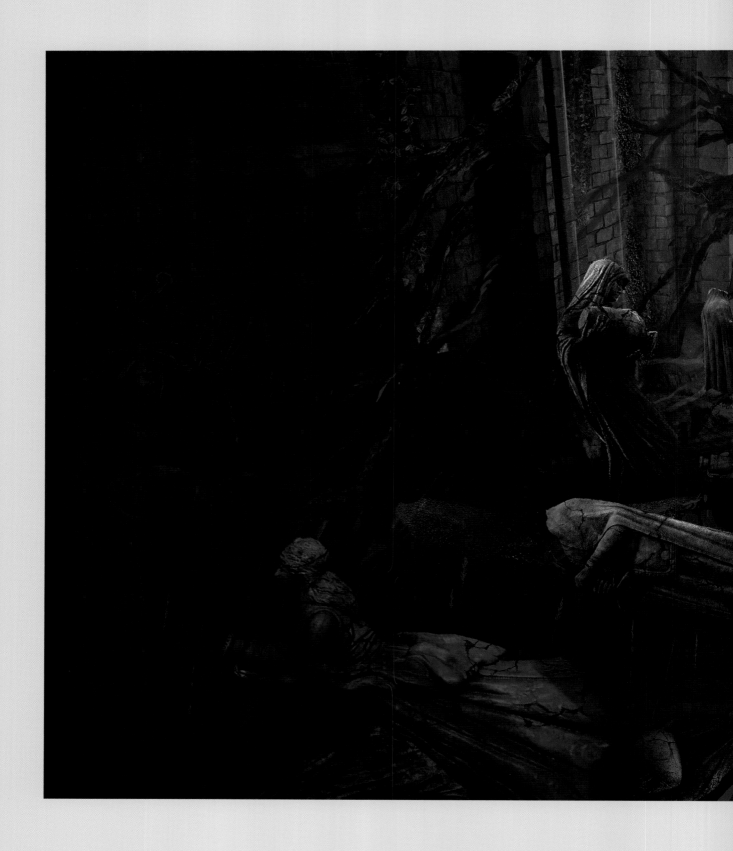

◆왕을 기다리는 예배당

제2장 제2절
호수의 리에니에

◆백금 마을

◆카리아 성관

◆카리아 서원

◆마누스 셀리스 대교회

◆마술학원 레아 루카리아

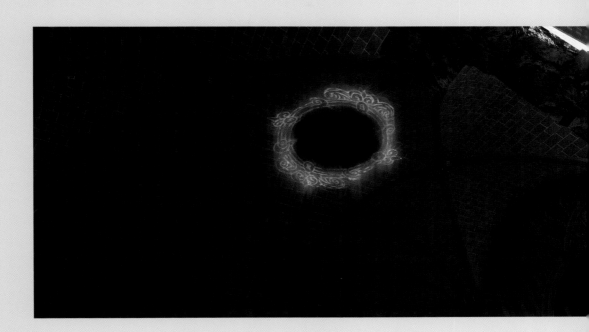

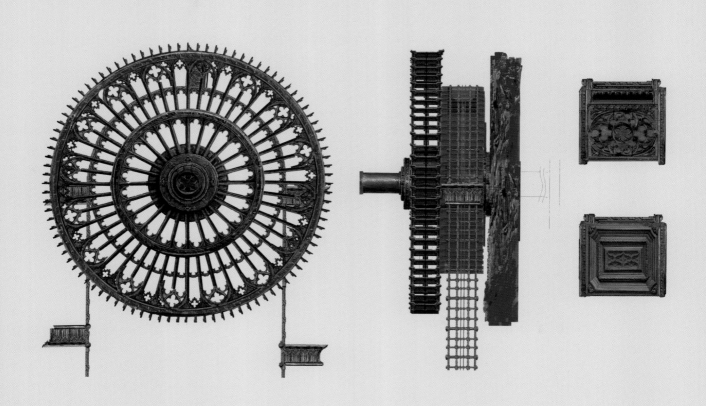

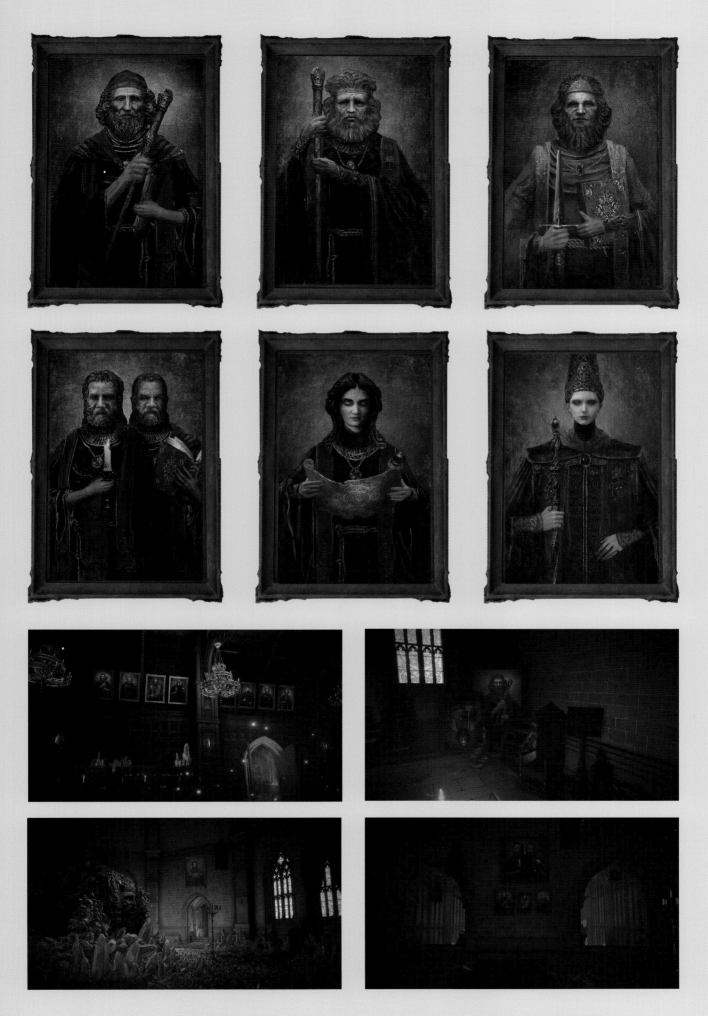

케일리드

◆짐승의 신전

◆옛 유적 절벽

◆그늘성

◆풍차 마을

◆화산관

◆도읍 로데일

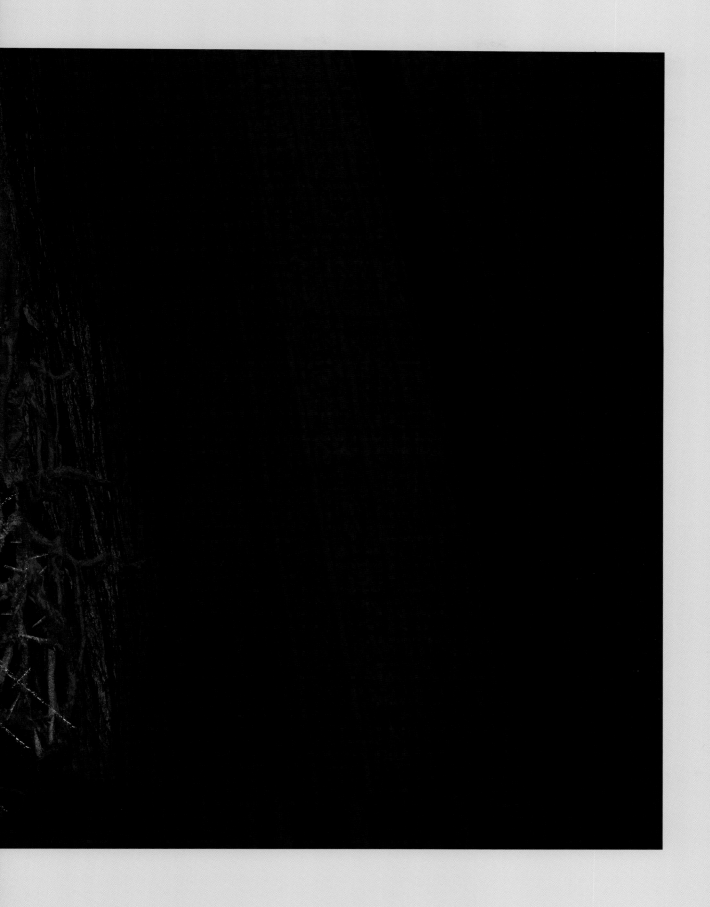

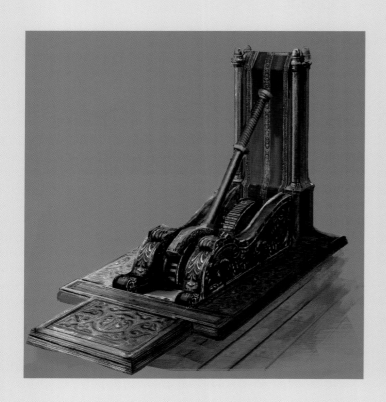

◆미켈라의 성수

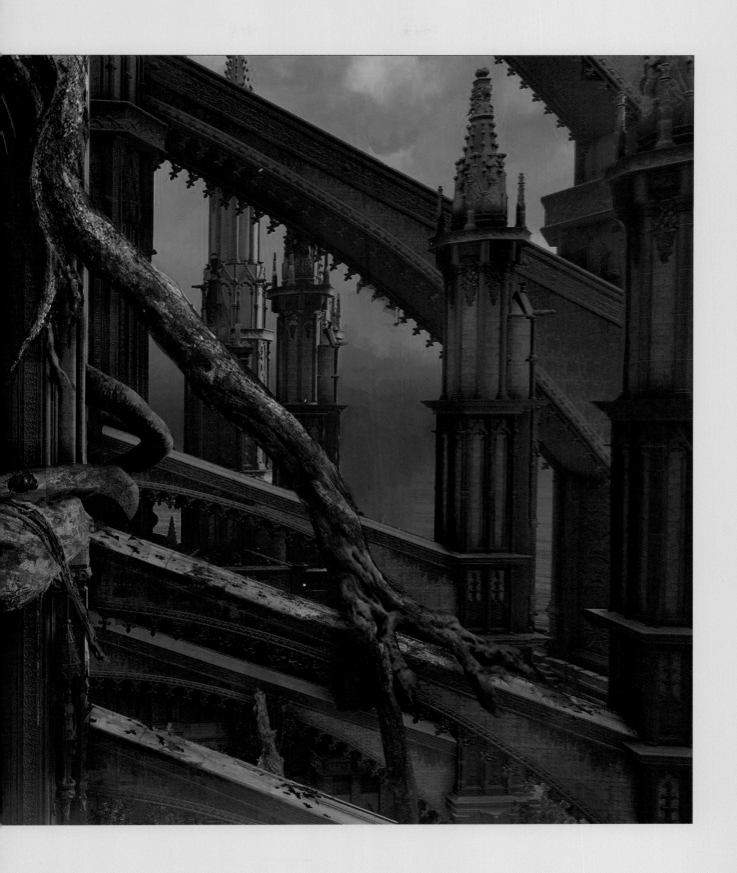

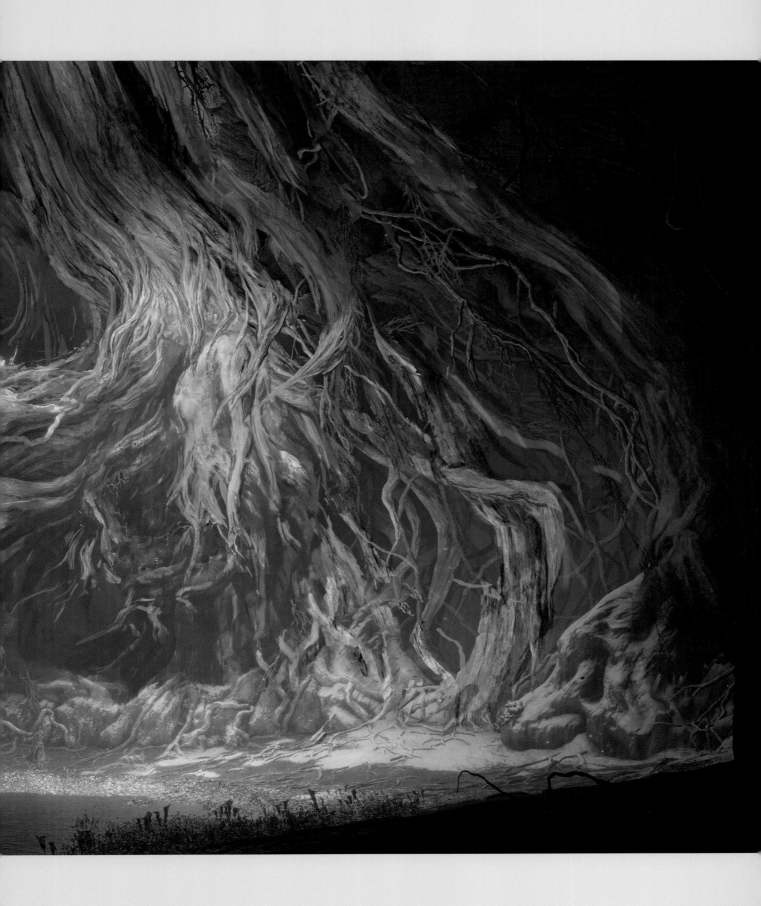

제2장 제6절
무너지는 파름 아즈라

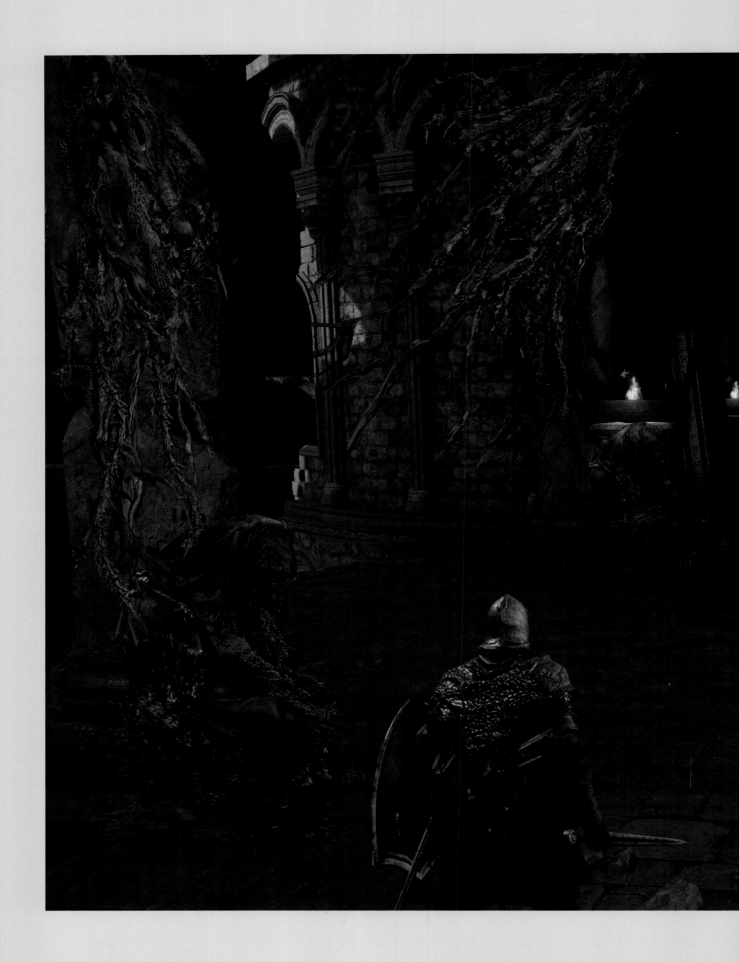

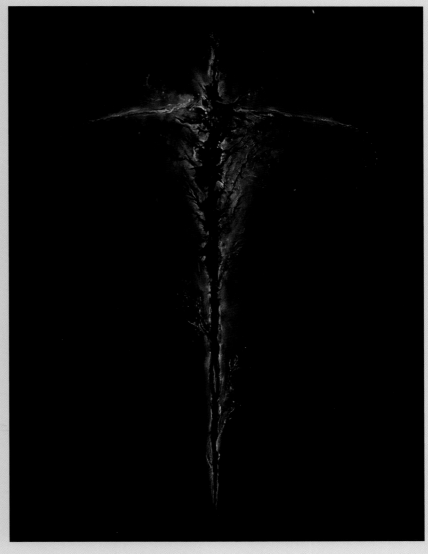

제2장 제7절
지하세계

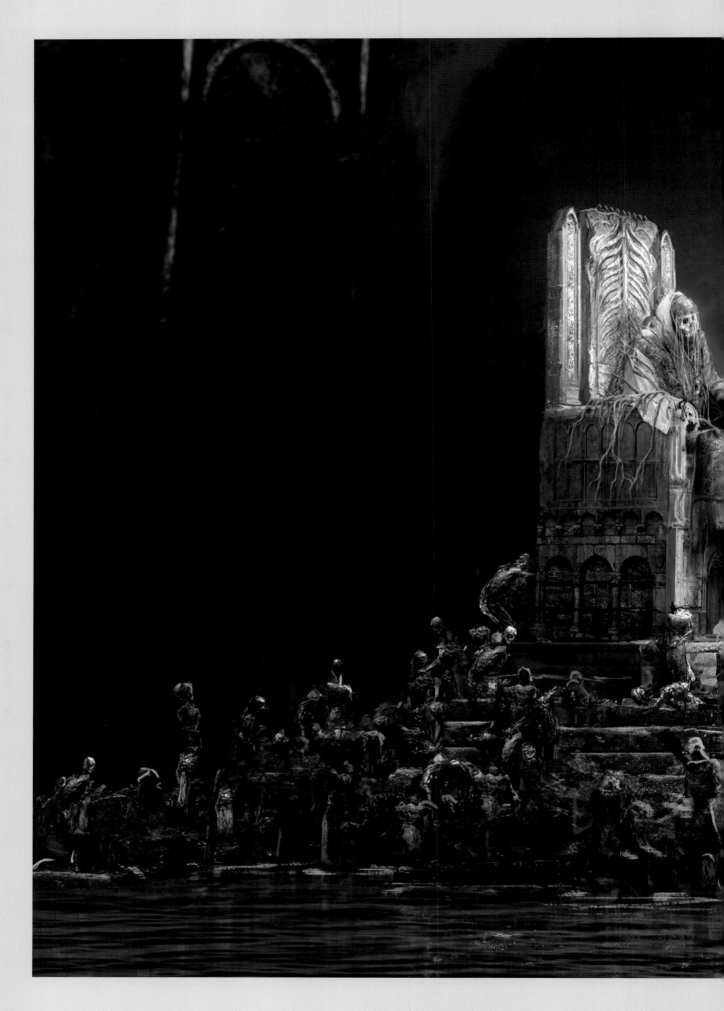

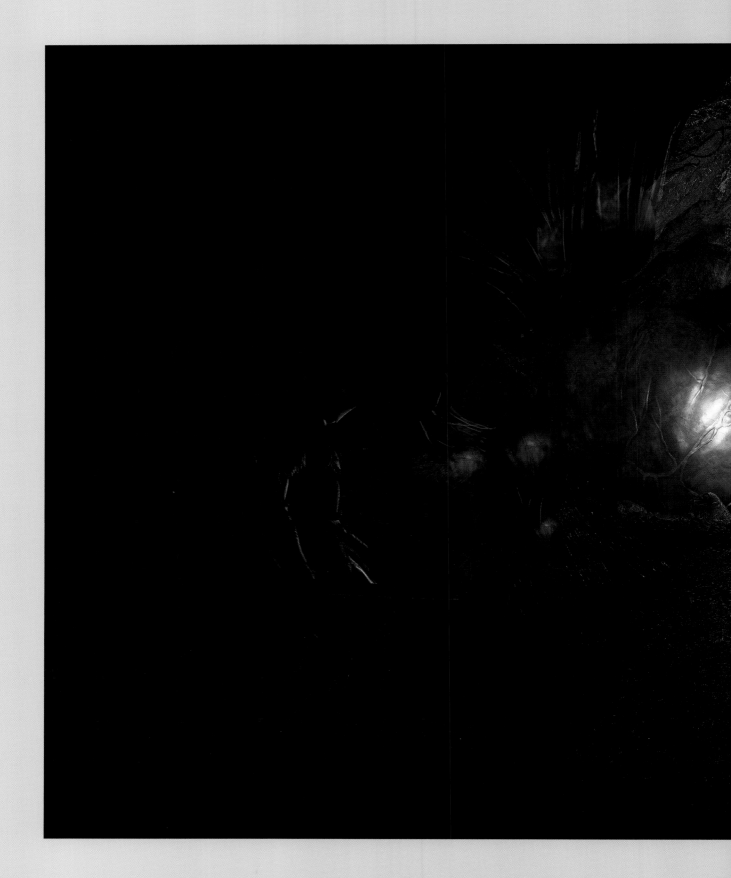

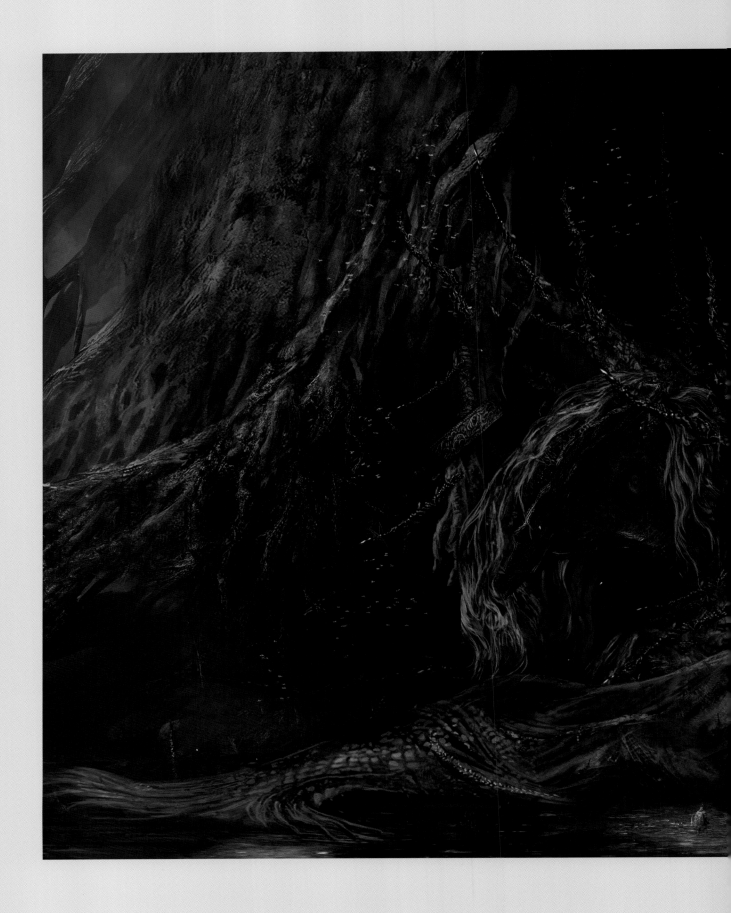

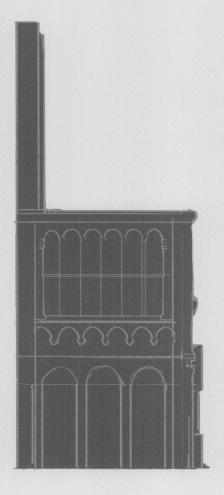

재의 도읍 로데일

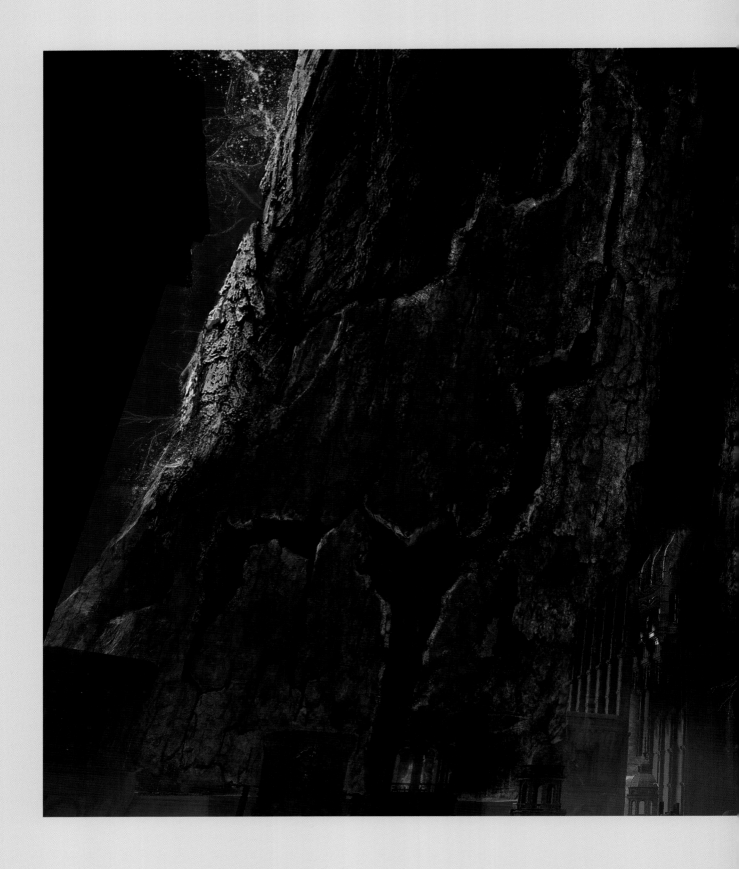

그 외 설정 원화

◆각종 야영지

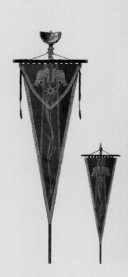

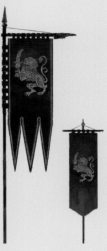

◆신수탑 관련

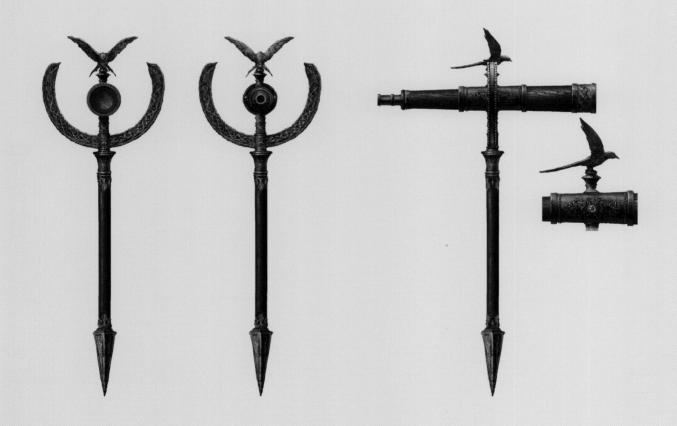

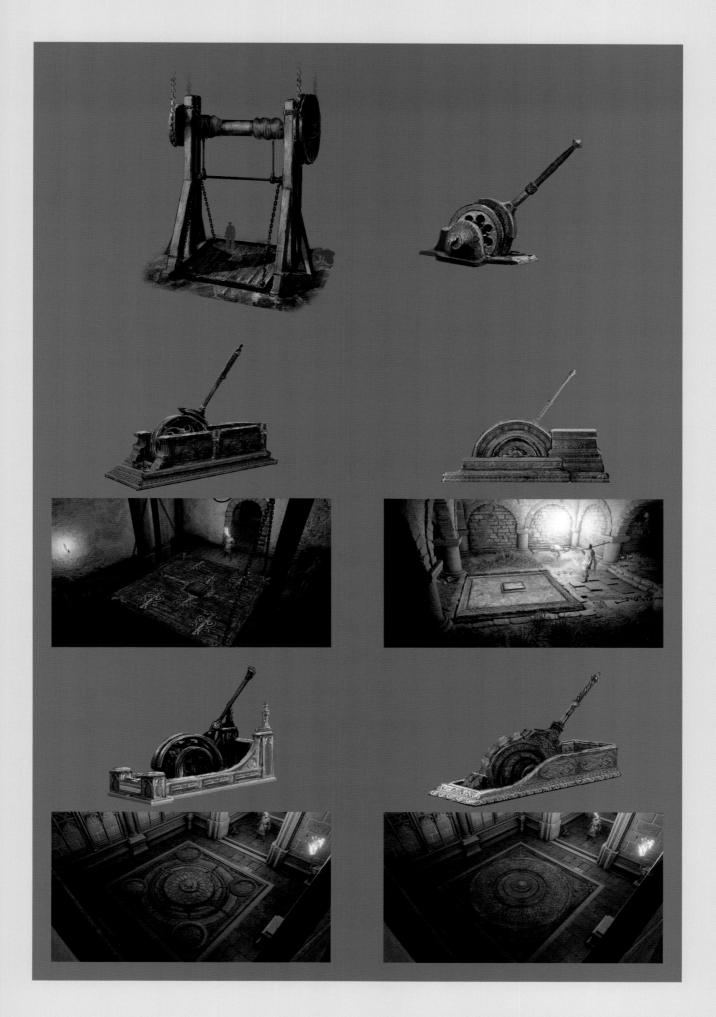

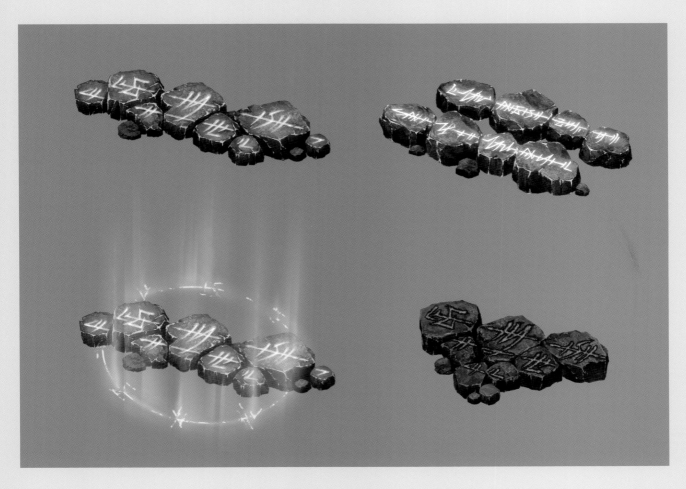

제 3 장
빛바랜 자와 등장인물

Character: Tarnished and Others

◆방랑기사

◆검사

◆용사

◆도적

◆점성술사

368

◆무사

◆죄수

◆밀사

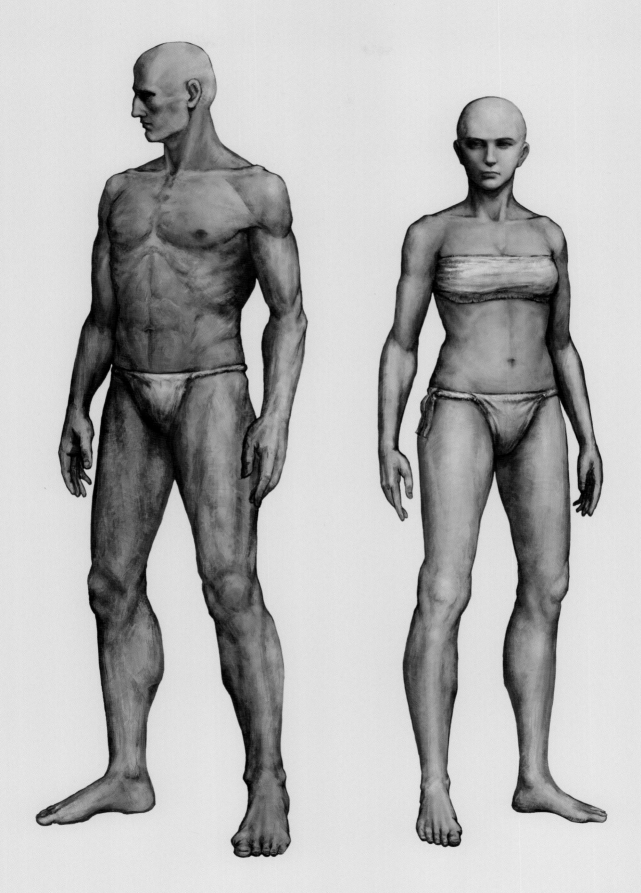

◆멜리나

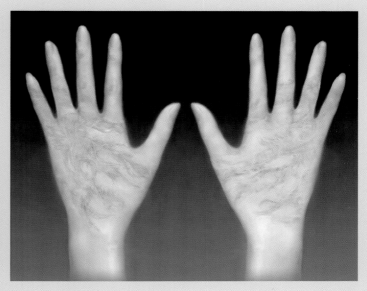

◆영마 토렌트

◆방랑상인

◆마녀 라니

◆두 손가락

◆세 손가락

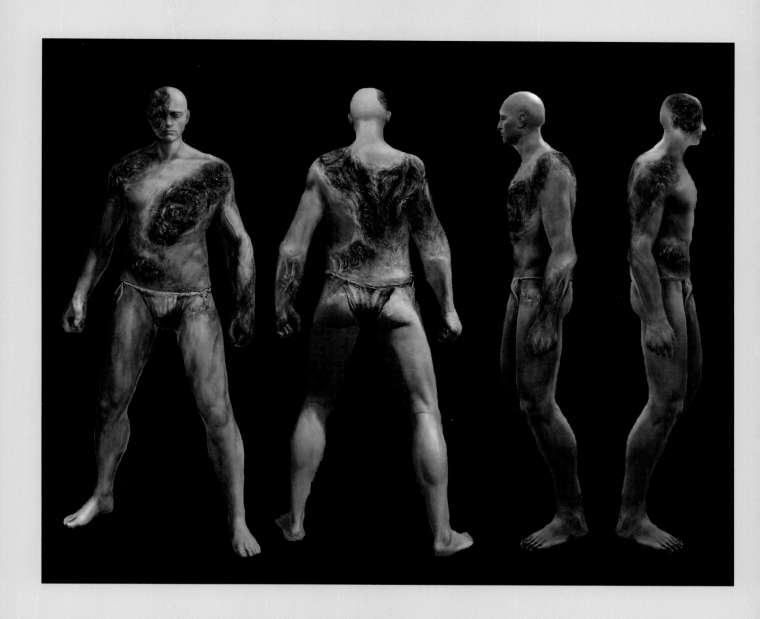

◆미친 불

◆손가락 읽는 노파

◆손가락 읽는 엔야

◆짐승 사제 그랭

◆대장장이 휴그

◆문지기 고스토크

◆조라야스

◆맺음의 사제 미리엘

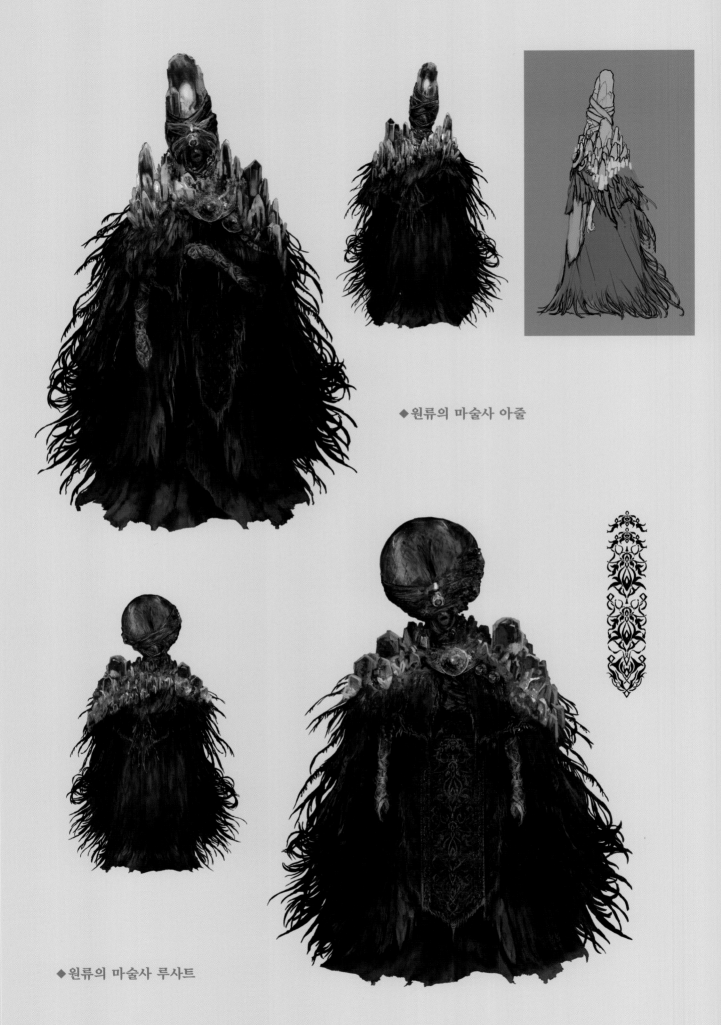

◆원류의 마술사 아줄

◆원류의 마술사 루사트

◆마술사 셀렌

◆금가면 경

◆온 지혜의 기드온 오프닐 경

◆눈동자 서코트

◆나무 서코트

◆녹스의 거울 투구

◆이지의 거울 투구

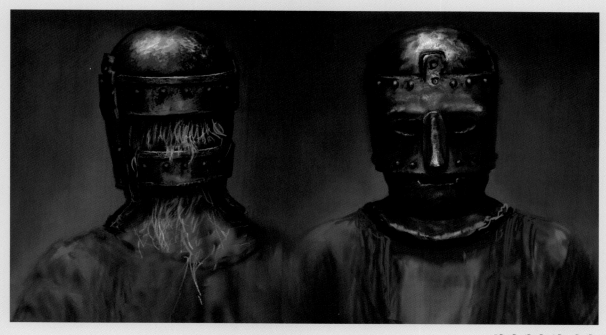

◆불량배의 철 가면

◆체인 메일

◆스케일 아머

◆비늘 장비

◆용기사 장비

◆쌍생아 장비

402

◆마술검사 장비

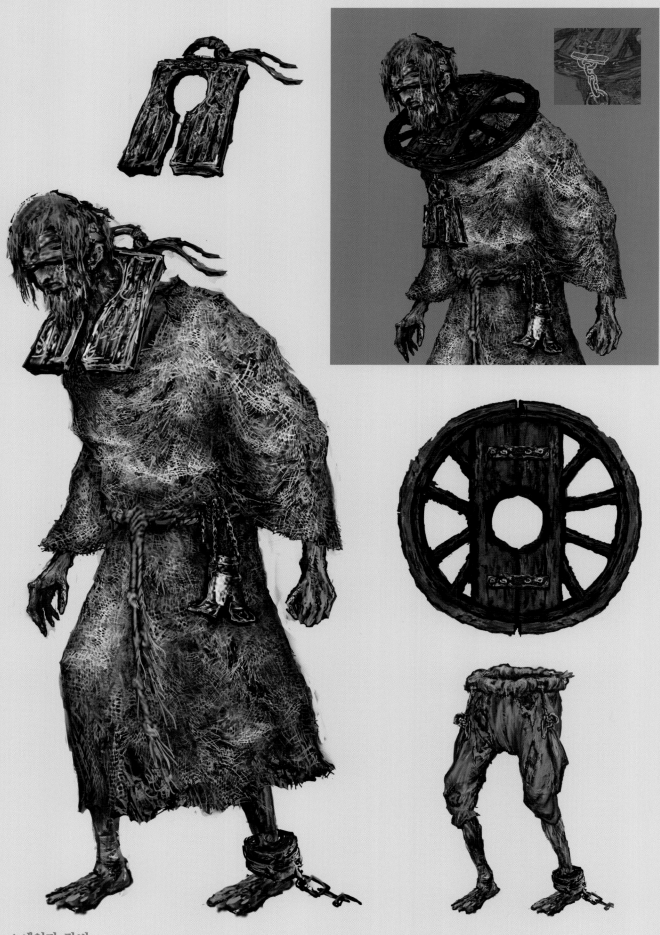

◆예언자 장비

손

손 모양 촛불이 달려 있음 besagew

◆왕의 유해 장비

◆흉조 장비

◆귀족 장비

◆피아 장비

◆동침 장비

◆라이오넬 장비

410

◆정예부대 장비

◆떠돌이 장비

◆짐승 모임 장비

◆종군의사 장비

◆알베리히 장비

◆호슬로 장비

◆마술교수 장비

◆맹금 장비

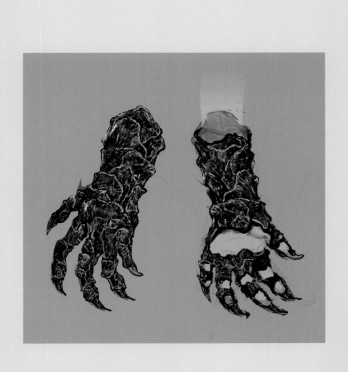

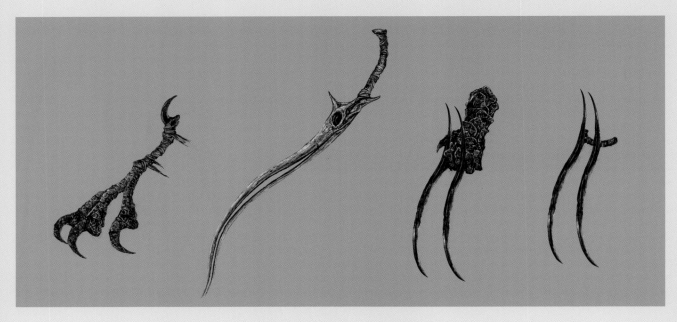

◆기이한 기사 장비

◆죄인 장비

◆조향사 장비

◆현자 장비

◆외톨이 마술사 장비

◆측비 장비

◆마레 가 장비

◆영주 장비

◆전쟁마술사 장비

◆카리아 기사 장비

◆전투광 장비

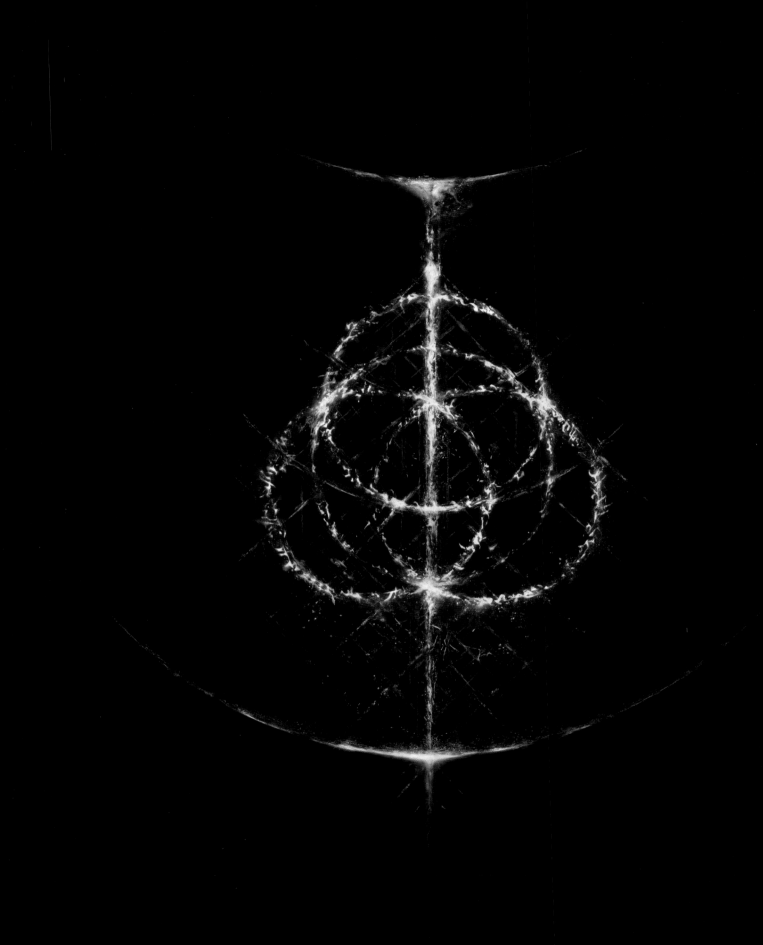